PARIS

ODE

PAR UN CHARABIA-PARISPHOBE

DE VILLENEUVE-SUR-LOT.

C'est une guerre à mort que mon cœur te déclare !
. . . .
Je veux faire paraître, aux yeux qu'ils ont séduits,
Tes *grands hommes* du jour à leur valeur réduits,
Et de tout leur clinquant dépouillant leurs ouvrages,
Dans cette nudité j'exposerai leurs pages.
          Dévr poétique *du même auteur.*

   Il faut briser le joug, il faut écraser l'orgueil de
Paris ; voilà notre *delenda Carthago !*
   Manet altâ mente repostum !..

PARIS

CHEZ LEDOYEN, LIBRAIRE-ÉDITEUR,

PALAIS-ROYAL, GALERIE D'ORLÉANS

1841

PARIS

ODE

PAR UN CHARABIA-PARISPHOBE

DE VILLENEUVE-SUR-LOT.

J. gustave Bitis

C'est une guerre à mort que mon cœur te déclare !
. . . .
Je veux faire paraître, aux yeux qu'ils ont séduits,
Tes *grands hommes* du jour à leur valeur réduits,
Et de tout leur clinquant dépouillant leurs ouvrages,
Dans cette nudité j'exposerai leurs pages.
          DÉFI POÉTIQUE *du même auteur.*

Il faut briser le joug, il faut écraser l'orgueil de
Paris ; voilà notre *delenda Carthago !*
Manet altâ mente repostum !...

PARIS ·

CHEZ LEDOYEN, LIBRAIRE-ÉDITEUR,

PALAIS-ROYAL, GALERIE D'ORLÉANS

1841

C.

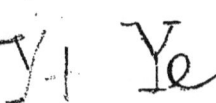

IMPRIMERIE DE E. DUVERGER,
Rue de Verneuil, n° 4.

PRÉFACE.

Voici notre *troisième* attaque contre Paris, à cause de la tyrannie qu'il exerce dans le monde littéraire, et voici la *troisième* fois que nous lui proposons de faire décider la question de prééminence en poésie entre Paris et la province, par une lutte solennelle aux yeux de la France. Néanmoins, nous pensons que Paris refusera encore le combat, toujours en affectant de se renfermer dans sa supériorité prétendue et apparente, mais réellement par la crainte, cette fois-ci comme les autres, de laisser toute sa renommée sur le champ de bataille. Il est certain qu'il y a un moyen infaillible de n'être pas vaincu, c'est de ne pas combattre. Voilà le parti le plus sûr, sinon le plus noble et le plus glorieux. Mais quand on a le sentiment de sa faiblesse, il faut, pour la déguiser, savoir suppléer par l'adresse à la force et par l'artifice au talent. Cette tactique ne laisse pas que d'être adroite; car elle réussit souvent à faire des dupes parmi ceux qui s'arrêtent aux apparences. Paris, d'après ce système, doit avoir l'air de se croire toujours dispensé de faire ses preuves; et c'est ainsi qu'il remplace, aux yeux du vulgaire ignorant et prévenu, le talent qui lui manque souvent par l'orgueil qui ne lui manque jamais. Toutefois, ce système a l'inconvénient de laisser apercevoir quelquefois aux yeux clairvoyants le défaut de la cuirasse.

Quant à nous, cependant, il a pu nous sembler permis de penser qu'il n'était pas d'ennemi, si épouvanté qu'il fût, qu'on n'obligeât enfin à faire volte-face à force de lui mettre l'épée dans les reins; aussi nous n'avons pas ménagé nos termes dans nos attaques. D'un autre côté, pourtant, nous concevons

facilement qu'après tous ses dédains pour la province, dédains si souvent et si hautement exprimés,
il serait bien dur pour Paris, à la suite d'un combat
poétique avec cette même province, d'être obligé de
passer sous les *Fourches Caudines*, aux yeux de la
France détrompée, et malgré tous les efforts réunis
de tous ses *grands hommes* mis sous les armes. Mais
alors, si Paris a cette crainte, c'est bien la peine
qu'il fasse des *grands hommes* pour compter si peu
sur leurs forces! Paris devrait sentir que ces *grands
hommes*-là lui coûtent plus qu'ils ne valent, s'ils sont
comme un régiment qui ne serait bon que pour la
parade et dont on ne pourrait faire aucun usage
contre l'ennemi.

Toutefois, ces refus réitérés de la part de Paris
d'en venir à une lutte poétique avec la province
sembleraient annoncer qu'il commence peut-être à
s'apercevoir et à reconnaître, du moins intérieure-
ment, qu'il est plus facile d'usurper une grande ré-
putation que de faire preuve d'un grand talent. La
presse, dont il dispose en maître absolu, peut bien

donner l'une; mais elle ne peut pas donner l'autre.
Il est malheureux pour Paris, qu'à une époque et dans
un lieu où il y a tant de choses à vendre, il ne puisse
pas acheter du talent poétique dont il semble sentir
qu'il n'a point assez pour se défendre quand il est
attaqué. Mais après tout, pourquoi Paris se croirait-
il obligé de faire preuve de talent quand la préven-
tion idolâtre de la France lui en tient lieu? Une idole
n'a qu'à rester immobile, sa puissance réside tout
entière dans l'aveuglement fanatique de ses adorateurs. A défaut d'autre supériorité, Paris a celle des
grandes réputations et des grands succès, succès et
réputations conquis par l'intrigue, et, grâce à la
presse, puissance aveugle comme la fortune et qui
répand ses faveurs de la même manière. Aussi, les
grands succès et les grands talents vont souvent les
uns sans les autres.

Cependant, Paris triomphe oisivement dans sa
grandeur apparente et dans sa gloire factice, pen-
dant que la province travaille péniblement dans
l'obscurité et produit pour les arts, par de longues

veilles, des œuvres qui portent le sceau de la durée,
mais afin de voir, pour toute récompense, Paris venir s'emparer de toutes les couronnes et de toutes
les renommées. C'est la fable des frelons, qui ne
savent pas faire le miel et qui volent celui des abeilles.
Il faut pourtant espérer que la France finira par ou-
vrir les yeux et par voir où sont les abeilles et où
sont les frelons.

La France n'aurait besoin que de réfléchir un moment, pour sentir que nous sommes, en littérature,
à une époque de décadence, et que c'est à Paris que
sont les grands corrupteurs du goût. C'est à Paris
que sont proclamées aujourd'hui les doctrines les
plus absurdes, et qu'on enseigne que dans les arts
l'observation des règles n'est que la misérable rou-
tine de la médiocrité, et que le *génie* n'en doit reconnaître aucune. Comme le *génie*, tel qu'on l'entend
et qu'on le définit de nos jours, dispense d'avoir le
sens commun et que les sottises sont toujours sûres
d'avoir beaucoup d'échos, les nouveaux législateurs
et maîtres qui régentent aujourd'hui la littérature

ont dû attirer d'abord beaucoup de disciples, tentés par l'envie d'avoir du *génie* à bon marché. Ces nouvelles doctrines étaient trop commodes à mettre en pratique pour ne pas faire un grand nombre de sectateurs. On a donc fondé une école nouvelle, qui n'est que la négation de tous les principes reconnus et l'expression de l'anarchie la plus complète en littérature. On a appelé cette école *romantique*, sans trop savoir ce qu'on voulait dire par là, mais afin de donner un nom à ce qui n'en méritait pourtant d'aucune espèce. C'est à Paris que règne le *romantisme* dans toute sa puissance, puissance déplorable qui ne fait qu'attester le triomphe du mauvais goût. Elle est belle, cette école, et les fruits qu'elle a déjà portés sont beaux ! *A fructibus eorum cognoscetis eos.* C'est à Paris que sont insultés de nos jours les plus grands génies que la France ait produits, et c'est sans doute une époque de barbarie littéraire que celle où l'on a pu, à Paris, traiter Voltaire de *singe* et Racine de *polisson*.

PARIS

ODE.

On sait tous les sanglants hommages
Que rendaient jadis les humains
A de misérables images,
Œuvres grossières de leurs mains.
Des troupes d'hommes aveuglées
De leurs victimes immolées
Venaient interroger le flanc ;
Mais, à leurs vœux inaccessible,
L'idole restait insensible
Sur son autel couvert de sang.

De nos jours règne une autre idole
Dont la France embrasse les pieds,
Idole à qui la France immole
Tous ses enfants sacrifiés;
La France, comme une victime,
De Paris, tyran qui l'opprime,
Subit honteusement les lois;
Déshérité de leur génie,
Des grands maîtres de l'harmonie
Paris usurpe tous les droits.

Incline-toi, tourbe timide,
Et viens, à ces dieux impuissants
Que créa ton erreur stupide,
Offrir ton fanatique encens.
Quel abaissement déplorable!
Et quelle foule misérable
D'idolâtres admirateurs!
L'esclavage est votre domaine,
Vous qui changez l'espèce humaine

En vil troupeau d'adorateurs!

Grande muse des temps antiques,
Les Barbares, encouragés,
Sont arrivés jusqu'aux portiques
De tes saints temples assiégés.
Repousse ces hordes impies
Qui souillent, comme des harpies,
Le sacrifice préparé :
Garde qu'elle n'y puisse atteindre ;
Leur main jalouse veut éteindre
Sur tes autels le feu sacré.

Où sont-ils, ces chantres insignes,
Qui rendaient des accents si beaux ?
A la place du chant des cygnes
On entend les cris des corbeaux ;
Troupe barbare qui croasse,
Et dont la sacrilége audace,
La nuit, par de rauques accords,

Au milieu d'une horreur profonde
Pour chercher sa pâture immonde
Profane la cendre des morts !

On tâche de flétrir ta gloire,
Grand chantre, génie immortel,
Toi, dont la touchante mémoire
Méritait en France un autel.
Pour les souiller de ses outrages,
L'ignorance, sur tes ouvrages,
Vient porter son aveugle main ;
Telle jadis la barbarie
Détruisait dans Alexandrie
Les trésors de l'esprit humain.

Toi, de qui le puissant génie,
Par tant de veilles et d'efforts,
A de la céleste harmonie
Pour nous reproduit les accords,
Dans le sein du repos funèbre,

Tu t'indignes, ombre célèbre,
De voir déshonorer ton art,
Quand, pour la honte de notre âge,
On fait revivre le langage,
De Chapelain et de Ronsard.

Par toi, la fière Melpomène,
Dans ses cris pleins de vérité,
En venant régner sur la Seine,
Gardait toujours sa dignité.
Mais aujourd'hui, dans sa licence,
Elle abjure cette décence
Qu'elle portait dans ses fureurs;
Et, de sa pudeur dépouillée,
On ne peut la voir que souillée
Au milieu d'un amas d'horreurs!

Ainsi l'antique tragédie
A perdu son air imposant,
Et n'est plus qu'une parodie

Qui prend un masque repoussant.
Elle a trahi son ministère.
Par le viol et l'adultère
On voit le théâtre inondé;
Et la scène par ses scandales
N'offre plus que les saturnales
Du grand art qu'on a dégradé.

Tyran sans grandeur, que la France
Veut pourtant adorer partout,
Paris, Baal de l'ignorance,
Paris, faux dieu du mauvais goût;
Fruits de ton sauvage délire,
Enfants avortés de ta lyre,
De leurs faux accords frappant l'air,
Tes vers, remplis de barbarie,
Sonnent à l'oreille meurtrie
Aussi durs que le bruit du fer.

Et pourtant la France s'empresse

En tous lieux de les répéter.
Paris, tu règnes par la presse,
Esclave né pour te vanter.
Cette hydre aux têtes effrayantes,
Ce monstre aux cent voix aboyantes,
Veut te prêter son grand soutien ;
Tu lui dois ta reconnaissance :
Du ciel imitant la puissance,
Il fait quelque chose de rien.

D'une renommée infinie
Quoiqu'il ait pu t'environner,
Quand il te manque le génie,
Il ne saurait te le donner.
Il peut bien, par son artifice,
Construire pour toi l'édifice
D'une gloire sans fondement ;
Mais l'œuvre ainsi reste fragile,
Et telle qu'un vase d'argile
Qu'on peut briser en un moment.

Cependant Paris règne encore,
Altier, barbare tour à tour;
Et de la France qu'il dévore,
Paris est l'avide vautour.
Mais le vautour est sans courage;
Il n'a que l'instinct du carnage,
Timide dans sa cruauté;
Et quand l'aigle vient à paraître,
Le vautour reconnaît son maître
Et fuit d'abord épouvanté.

Contre une puissance cruelle,
Au pied d'un autel tout fumant,
Jadis, d'une haine éternelle,
Un homme faisait le serment:
Comme lui, fidèle à ma haine,
Paris, d'une honteuse chaîne,
Je veux briser le poids fatal;
Toi qui veux tout dans l'esclavage,
Rome, viens combattre Carthage,

Il existe un autre Annibal !

La vengeance aussi te l'amène ;
Tes revers marqueront son cours :
De Cannes et de Trasymène
On te rendra les mauvais jours.
Entends-tu gronder la tempête ?
Tu courberas aussi ta tête
Sous le joug de l'oppression ;
La honte sera ton partage,
Et pour effacer ton outrage
Tu n'auras plus de Scipion.

Usurpateur de renommée,
De toute gloire ravisseur,
Ton ambition affamée
Nous tient sous ton bras oppresseur.
De tout tu t'es rendu l'arbitre ;
Mais apprends-nous donc à quel titre ?
D'où vient ton pouvoir accablant ?

A toi sans combat la victoire,
Sans le génie à toi la gloire,
A toi les succès sans talent !

Un brigand, digne du supplice,
Violant les droits les plus saints,
Cachait dans un antre complice
Et ses forfaits et ses larcins.
Mais au fond de son antre horrible,
Alcide, le vengeur terrible,
Le saisit et le fit périr;
L'infâme Cacus rendit l'âme,
Malgré la fumée et la flamme
Dont il tenta de se couvrir.

O Paris! Cacus de la France,
Voilà ton histoire et ton sort!
Tu fus marqué par la vengeance;
Hercule jure aussi ta mort.
Faible géant, nouvel Antée,

N'ayant qu'une force empruntée,
Tu sentiras un bras de fer ;
Et ce bras, pareil au tonnerre,
Viendra t'enlever de la terre
Afin de t'étouffer en l'air !!!...

..... Malgré mon insultant langage,
Ton front est resté sans rougeur ;
J'ai mis outrage sur outrage :
Je t'ai trouvé mort pour l'honneur.
Par l'aveuglement de la France,
Par la faveur de l'ignorance,
Tu règnes dans ton faux éclat ;
Mais tremblant devant une épreuve,
Des grands talents ta gloire veuve
N'ose pas tenter de combat.

Oui, vainement ma haine ardente
Te défie au combat du chant,
Paris, ta faiblesse prudente

Ne me répond qu'en se cachant.
Plonge-toi donc dans les ténèbres,
Pareil à ces oiseaux funèbres,
Amants fidèles de la nuit,
Tristes habitants des lieux sombres,
Jetant leurs cris au sein des ombres,
Restant muets quand le jour luit!

FIN.

IMPRIMERIE DE E. DUVERGER, RUE DE VERNEUIL, N° 4.